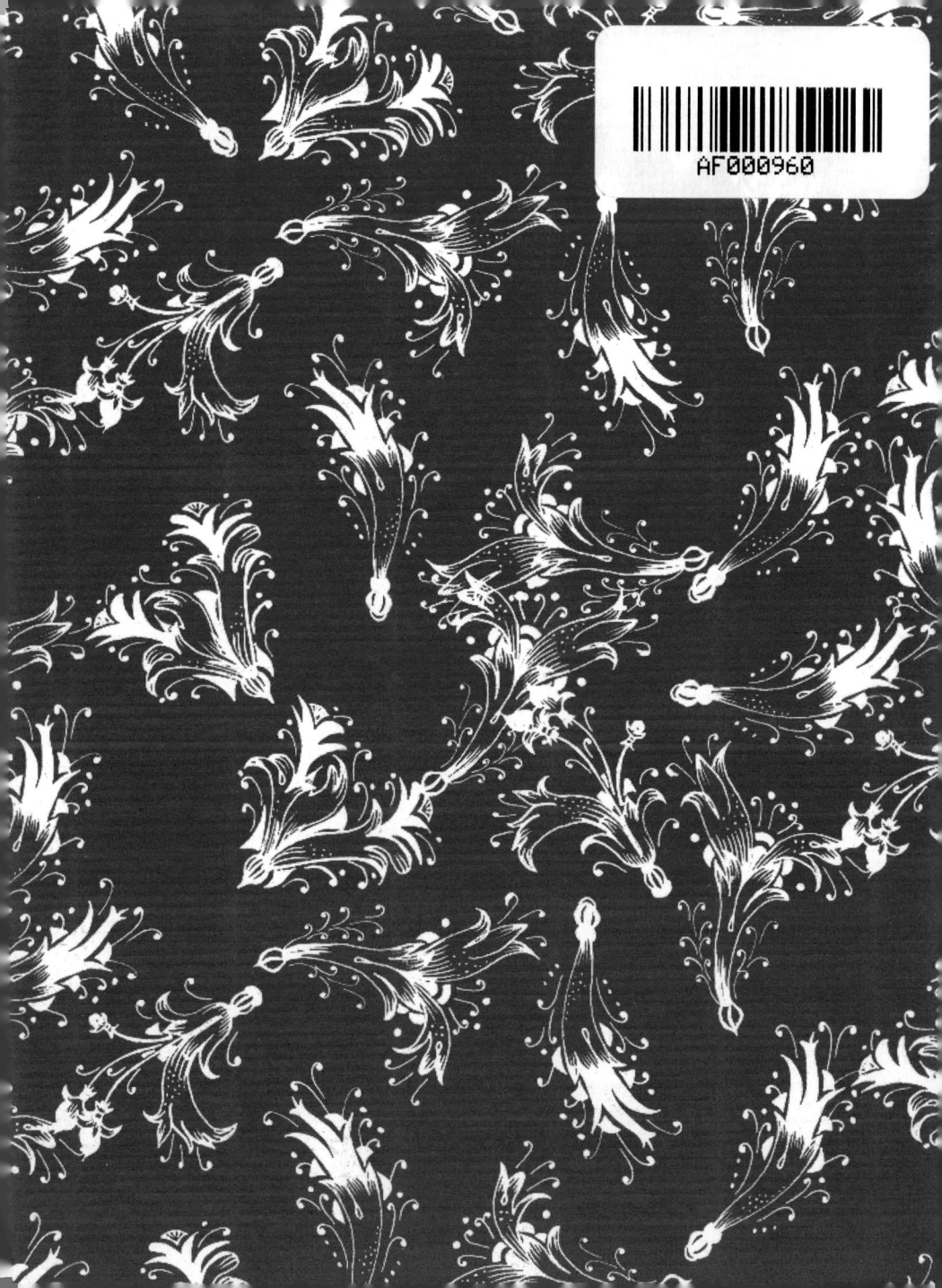

Los zapatos rojos

Los zapatos rojos

Hans Christian Andersen

Traducción del danés de
Enrique Bernárdez

Ilustraciones de
Sara Morante

EL MAPA DEL TESORO DE IMPEDIMENTA 2011

Título original: *De røde sko*

Primera edición en Impedimenta: noviembre de 2011

Traducción publicada en el volumen *Cuentos completos*, de Hans Christian Andersen, Madrid, Cátedra, col. Bibliotheca Aurea, 2005

Copyright de la traducción © Enrique Bernárdez, 2005
Copyright de las ilustraciones © Sara Morante, 2011
Copyright de la presente edición © Editorial Impedimenta, 2011
Benito Gutiérrez, 8. 28008 Madrid

http://www.impedimenta.es

ISBN: 978-84-15130-23-9
Depósito Legal: S. 1.544-2011

Diseño de colección a cargo de Enrique Redel
Maquetación de interiores a cargo de Cristina Martínez

Los editores desean expresar su agradecimiento a Cátedra por la amable cesión de la traducción de *Los zapatos rojos* para esta edición.

Impreso en España

Cualquier forma de reproducción, distribución, comunicación pública o transformación de esta obra solo puede ser realizada con autorización de sus titulares, salvo excepción prevista por la ley. Diríjase a CEDRO (Centro Español de Derechos Reprográficos, www.cedro.org) si necesita fotocopiar o escanear algún fragmento de esta obra.

Había una vez una niña muy fina y delicada que en verano iba siempre descalza, porque era pobre, y en invierno tenía que usar pesados zuecos, y los tobillitos se le enrojecían horriblemente.

En la aldea vivía la vieja madre del zapatero. Se puso a coser, como mejor sabía, un par de zapatitos con unos retales rojos. El resultado fue un poco torpe, pero los había hecho con muy buena intención, para dárselos a la niña. La niña se llamaba Karen.

Le dieron los zapatos rojos a la niña precisamente el día en que enterraban a su madre, y fue ese día cuando se los puso por primera vez; aunque no eran muy adecuados para el luto, no tenía otros, y se los puso sin calcetines y fue caminando detrás del pobre ataúd de paja.

Entonces llegó una carroza vieja y grande en la que iba una mujer rica y vieja, miró a la niña, se apiadó de ella y le dijo al cura:

—Oye, dame a esa niña, seré buena con ella.

Karen creyó que había sido gracias a los zapatos rojos, pero la anciana señora dijo que eran horribles y los quemaron, y a Karen la vistieron con ropas limpias, la pusieron a tomar clases de leer y coser, y la gente decía que era muy linda, pero el espejo decía:

—¡Eres mucho más que linda, eres preciosa!

Una vez, la reina iba viajando por el país acompañada de su hijita, la princesa, y la gente acudió en gran número a las puertas del palacio, y allí estaba también Karen, y la princesita apareció vestida de blanco en una ventana para que la vieran. No llevaba cetro ni corona de oro, pero sí unos preciosos zapatos rojos de tafilete, mucho más bonitos que los que había cosido la madre del zapatero para Karen. ¡Nada en el mundo podía igualarse a aquellos zapatos rojos!

Karen tenía ya suficiente edad para la confirmación. Le pusieron vestidos nuevos y también zapatos nuevos. El zapatero rico del pueblo le tomó las medidas de los piececitos. Estaba en el taller, donde había grandes armarios de cristal con zapatos preciosos y relucientes botas. Era muy bonito, pero la anciana señora no veía bien, así que no se divirtió nada con aquellas cosas. Entre los zapatos había también un par de color rojo, iguales a los que calzaba la princesa. ¡Qué bonitos eran! El zapatero dijo además que los habían cosido para el hijo de un conde, pero que no le quedaban bien.

—¡Pero si son de charol! —dijo la anciana—. ¡Cómo relucen!

—¡Sí que relucen! —dijo Karen.

Y le venían bien y los compraron, pero la anciana señora no se había dado cuenta de que eran rojos, pues nunca habría permitido a Karen ir a la confirmación con zapatos rojos. Pero eso fue lo que pasó.

Toda la gente le miró los pies cuando iba por la nave de la iglesia hacia la puerta del coro, y la niña creyó que hasta los cuadros de las tumbas, los retratos de los pastores y sus esposas, con sus golas almidonadas, clavaban los ojos en sus zapatos rojos, y solo en ellos pensaba cuando el sacerdote le puso la mano en la cabeza y habló del sagrado bautismo, del pacto con Dios y de que ella sería a partir de aquel momento una cristiana adulta. Y el órgano tocaba con solemnidad, pero Karen no pensaba más que en los zapatos rojos.

Por la tarde, la anciana señora se enteró, porque todo el mundo lo comentaba, de que los zapatos eran rojos, y dijo que aquello era una maldad, que no estaba nada bien y que a partir de entonces Karen iría siempre a la iglesia con zapatos negros, aunque fueran viejos.

Al domingo siguiente había comunión. Karen miró los zapatos negros, miró los rojos..., y volvió a mirar los rojos, y se los puso. Era un precioso día soleado. Karen y la anciana señora fueron por el sendero que cruzaba el trigal, y había polvo.

En la puerta de la iglesia se encontraba un soldado viejo con muletas y una barba extrañamente larga, más roja que blanca, porque de verdad era roja. Y se inclinó casi hasta el suelo y preguntó a la anciana señora si le permitía que les limpiara los zapatos. Y Karen también adelantó sus piececitos.

—¡Qué preciosos zapatos de baile! —dijo el soldado—. ¡Quedaos fijos cuando bailéis! —y dio unos golpecitos con los dedos en la suela.

La anciana señora le dio una monedita al soldado y entró con Karen en la iglesia.

Y toda la gente que había allí miró los zapatos rojos de Karen, y todos los cuadros la miraron, y cuando Karen se arrodilló ante el altar y se puso el cáliz de oro en la boca, solo pensaba en sus zapatos rojos, como si estuvieran flotando dentro del cáliz, y se olvidó de cantar el salmo, y se olvidó de rezar el padrenuestro.

Todo el mundo salió de la iglesia, y la anciana señora subió a su carro. Karen levantó un pie para subir detrás de ella y el viejo soldado, que estaba muy cerca, dijo:

—¡Qué bonitos zapatos de baile! —y Karen se puso a hacer unos pasos de baile sin poder evitarlo y, en cuanto empezó, las piernas se pusieron a bailar, como si los zapatos tuvieran poder sobre ella.

Estaba bailando delante de la iglesia, sin poder parar; el cochero tuvo que echar a correr detrás de ella, la sujetó y la metió en volandas en el coche, pero los pies siguieron bailando y dio unas patadas terribles a la buena anciana. Por fin se quitó los zapatos, y las piernas se quedaron quietas.

En casa pusieron los zapatos en un armario, pero Karen no podía dejar de mirarlos.

La anciana señora se puso enferma, decían que no viviría mucho. Era necesario cuidarla y atenderla, y nadie mejor que Karen. Pero en el pueblo se celebraba un gran baile y Karen estaba invitada... Miró a la anciana moribunda, miró los zapatos rojos y pensó que no podía ser pecado. Se puso los zapatos, ¿por qué no? Y se fue al baile y se puso a bailar.

Pero cuando quería ir a la derecha los zapatos bailaban hacia la izquierda, y cuando quiso ir arriba los zapatos bailaron hacia abajo, bajaron la escalera, hacia la calle, y salieron por la puerta de la ciudad. Bailaba sin poder dejar de bailar, y así continuó hasta el oscuro bosque.

Había un resplandor entre los árboles, y ella pensó que sería la luna, porque parecía una cara, pero era el viejo soldado de barba roja. Estaba sentado meneando la cabeza y dijo:

—¡Qué bonitos zapatos de baile!

Ella se espantó e intentó quitarse los zapatos rojos, pero estaban firmemente sujetos; se desgarró las medias, pero los zapatos se le habían pegado a los pies y bailaba y bailaba sin parar sobre campos y prados, bajo la lluvia y el sol, de noche y de día...

... aunque era mucho peor de noche.

Entró bailando en el cementerio, que estaba abierto; pero los muertos no bailaban, tenían mejores cosas que hacer en vez de bailar. Quiso sentarse sobre una pobre tumba donde crecían hierbajos, pero para ella no podía haber descanso ni reposo, y cuando se dirigía hacia la puerta de la iglesia, siempre bailando, vio un ángel con largos ropajes blancos y alas, que la cogió de los hombros y la tiró al suelo. Su rostro era severo y serio, y llevaba en la mano una espada muy ancha y resplandeciente:

—¡Bailarás! —dijo—. ¡Bailarás con tus zapatos rojos hasta que te quedes pálida y fría! ¡Hasta que la piel se te quede pegada a los huesos como en los esqueletos! ¡Bailarás de puerta en puerta, y donde vivan niños orgullosos y presuntuosos llamarás a la puerta para que al verte se asusten! ¡Bailarás, bailarás...!

—¡Piedad! —gritó Karen, pero no oyó la respuesta del ángel, porque los zapatos la arrastraban; salió al campo, cruzó caminos y veredas, y todo el tiempo bailando sin poder detenerse.

Una mañana pasó bailando por delante de una puerta que conocía bien. Dentro sonaba el canto de los salmos, y sacaron un ataúd adornado con flores. Entonces se enteró de que la anciana señora había muerto y pensó que todos la habían abandonado y que el ángel de Dios la había expulsado al ancho mundo.

Bailaba y bailaba sin parar, bailaba en la oscura noche, los zapatos la arrastraban entre espinas y rastrojos donde se arañaba hasta hacerse sangre.

Atravesó bailando un páramo y llegó a una casita solitaria. Sabía que allí vivía el verdugo, y llamó con los dedos en el cristal diciendo:

—¡Sal, sal! ¡Yo no puedo entrar porque estoy bailando!

Y el verdugo dijo:

—¿Acaso no sabes quién soy? Yo corto la cabeza a los hombres malos, y noto que mi hacha está empezando a temblar.

—¡No me cortes la cabeza! —dijo Karen—. Si lo haces, nunca podré expiar mi pecado. Pero, ¡córtame los pies con los zapatos rojos!

Y confesó todos sus pecados, y el verdugo le cortó los pies con los zapatos rojos, pero los zapatos se fueron marchando con los piececitos dentro, atravesaron el campo y penetraron por el profundo bosque.

—Ya he sufrido suficiente por culpa de esos zapatos rojos —dijo ella—. Ahora iré a la iglesia para que me vean.

Y se dirigió con rapidez hacia la puerta de la iglesia, pero cuando llegó, allí estaban los zapatos rojos bailando delante de sus ojos, y se espantó y se dio la vuelta.

Toda la semana estuvo muy triste llorando muchas grandes lágrimas, pero cuando llegó el domingo dijo:

—Bueno, ¡ya he sufrido y padecido suficiente! Creo que soy tan buena como muchos de los que se sientan orgullosos en la iglesia.

Y se fue para allá muy animada, pero no hizo más que llegar a la entrada cuando vio los zapatos rojos bailando delante de sus ojos, y se espantó y se dio la vuelta, y se arrepintió de verdad por su pecado dentro de su corazón.

Y fue a casa del cura y le rogó que la dejara servir allí; sería hacendosa y haría todo lo que pudiera, no pedía sueldo, solo tener un techo sobre su cabeza y vivir al lado de personas buenas. Y la esposa del pastor se apiadó de ella y la admitió a su servicio. Y la niña era hacendosa y atenta. Se sentaba a escuchar en silencio cuando por las noches el pastor leía la Biblia en alta voz. Todos los pequeños la querían mucho, pero cuando hablaban de galas y de ricos trajes y de ser tan hermosas como una reina, ella sacudía la cabeza.

Al domingo siguiente fueron todos a la iglesia y le preguntaron si quería acompañarlos, pero ella miró con tristeza y con lágrimas en los ojos sus muletas, y los demás se fueron a oír la palabra de Dios mientras ella se iba sola a su pequeña alcoba, apenas suficientemente grande para una cama y una silla, y allí se sentó con su devocionario. Y todo lo que leía con ánimo piadoso lo devolvía el viento desde la iglesia en acordes de órgano, y alzó su rostro lleno de lágrimas y dijo:

—¡Oh, Dios mío, ayúdame!

Entonces brilló el sol muy claro, y ante ella apareció el ángel de Dios con ropajes blancos que había visto aquella noche en la puerta de la iglesia, pero ya no sostenía la afilada espada, sino una preciosa rama verde llena de rosas, y golpeó con ella el techo, y este se elevó muy alto, y en el sitio donde lo había tocado resplandecía una estrella de oro; y tocó las paredes y se separaron, y la niña vio el órgano tocando, vio los viejos cuadros de pastores y esposas de pastores, vio a la multitud en sus sillas adornadas cantando salmos del devocionario. Porque la iglesia misma se había acercado a la casa de la pobre muchacha, a su pequeño y estrecho cuartito, o quizá era que ella misma había ido a la iglesia. Estaba sentada en una silla con la familia del pastor, y cuando acabaron el salmo y levantaron la vista, saludaron con la cabeza y dijeron:

—Hiciste bien en venir, Karen.

—Fue la Gracia —dijo ella.

Y el órgano sonó y las voces infantiles del coro cantaron suaves y delicadas. La clara y cálida luz del sol entraba a raudales por la ventana y se derramaba sobre el banco de la iglesia donde estaba sentada Karen. Su corazón se llenó de sol, de alegría y de paz, de tal forma que se sentía estallar por dentro. Su alma voló hacia Dios transportada por la luz del sol, y nadie preguntó por sus zapatos rojos.

Este libro
se terminó de imprimir el día
11 de noviembre de 2011. Tal jornada, en el año
de 1751, murió el insigne físico y filósofo Julien Offray de
La Mettrie, autor de *El Hombre Máquina* y *El Hombre Planta*. El
embajador francés Tirconnel estaba muy agradecido a La Mettrie
por haberlo curado de una enfermedad. Un banquete fue ofrecido
para celebrar su recuperación y, por lo que parece, La Mettrie quiso
hacer gala de su resistencia en la mesa devorando una gran cantidad
de paté de trufas. Como resultado, contrajo unas fiebres que
intentó curarse con una sangría prescrita por él mismo.
Murió de debilidad a los pocos días.